Alberto Alecrim

A HISTÓRIA DE

Ilustrações
Wark

JOVENS LEITORES

Coleção Azul Radical
A HISTÓRIA DE DANI-BOY
Coordenação editorial
ANA MARTINS BERGIN
Editores assistentes
LAURA VAN BOEKEL CHEOLA
JOHN LEE MURRAY (ARTE)

Copyright © 2004 by Alberto Alecrim

Direitos desta edição reservados à
EDITORA ROCCO LTDA.
Av. Presidente Wilson, 231 – 8º andar
20030-021 – Rio de Janeiro – RJ
Tel.: (21) 3525-2000 – Fax: (21) 3525-2001
rocco@rocco.com.br
www.rocco.com.br

Printed in Brazil/Impresso no Brasil

preparação de originais
CRISTIANA TEIXEIRA MENDES

CIP-Brasil. Catalogação na fonte.
Sindicato Nacional dos Editores de Livros, RJ.

A342h
    Alecrim, Alberto
    A história de Dani-boy/Alberto Alecrim. – Rio de Janeiro:
Rocco, 2005.
    ISBN 85-325-1766-8
    1. Literatura infantojuvenil. I. Título.
04-2118   CDD – 028.5   CDU – 087.5

Contato com Alberto Alecrim: albertoalecrim@yahoo.com.br

Este livro obedece às normas do
Acordo Ortográfico da Língua Portuguesa.

A HISTÓRIA DE

Para Laura, a minha Sininho

APELIDO É COISA QUE GRUDA

No Brooklin, bairro de São Paulo, Daniel é um carinha respeitado, o maioral da sua turma para ser sincero. Atualmente, ele está com catorze anos e não se pode dizer que seja um garoto interessado nos estudos, se é que você me entende... Ele é do tipo que prefere, a fazer qualquer outra coisa, andar de skate com os amigos e se exercitar na barra de ferro que o seu pai instalou na entrada da porta do quarto dele.

Desde pequeno o seu apelido é Dani-boy, por causa do dia em que sua mãe sem querer o chamou assim quando ele estava no meio da turma. Pronto, o apelido "pegou", e o que era uma coisa "doméstica", originária das sessões de vídeo em que a família via aquele seriado americano, *Os Waltons*, tornou-se "pública". No início, ele não gostava, ficava tão irritado que até brigou várias vezes com o Cabeção, seu melhor amigo, mas depois acostumou e hoje até estranha se alguém o chama de Daniel. Por falar nisso, com exceção dos seus pais, só tem uma pessoa que prefere chamá-lo dessa maneira...

UM SACO CHEIO DE PAPAI NOEL

– É Natal, é Natal, jingle bell pra cá, jingle bell pra lá... Ho! Ho! Ho!... Saco!
– Ei, rapaz, olha o respeito!
– Mas mãe, tudo bem que a gente não vai viajar nas férias deste ano, mas não precisava gastar todo o décimo terceiro do papai na festa de Natal, né não?
– Menos, Dani... Esse foi o combinado entre a gente. E outra, a sua tia Celeste vai dividir as despesas com seu pai.
– Então tá, hein? Se o coelhinho da Páscoa cor-de-rosa ligar pra mim, diz que não estou, valeu?
– Daniel...
Eu sei o que ela vai rachar, a minha paciência em primeiro lugar! O Natal até seria divertido se a tia Celeste não viesse. E tem mais, a gente não é tão católico assim não, cara. Durante a ceia ninguém fala do aniversariante, é só o que o fulano disse, o que a beltrana tem e coisa e tal.
Eu fico pensando no que seria dos criadores de peru se o dia de Natal não fosse essa farra toda. Não lembro

de comer esse frango gigante em outra época do ano, ô troço seco! É uma gastança de dinheiro, e votos disso, votos daquilo... Pra quê? No dia seguinte, já tá todo mundo falando mal uns dos outros novamente.
— Pode deixar, mocinho, o seu presente e o da Elisinha já foram comprados.
— A senhora comprou damasco?
— Não, estava muito caro.
— É, mas vai ter torta de nozes, eu vi quanto custou aquela porçãozinha...
— Daniel, você não tem mais o que fazer não, meu filho?
— Não, papai disse pra não encostar na fiação de luz, ele é quem vai colocar as luzes do lado de fora.
— É melhor mesmo. Faz uma coisa pra mamãe, meu amor? Vai até a padaria e compra mais refrigerante porque o Vitinho vem também e ele bebe pelo menos um litro por refeição.
— Não vai precisar, mãe, a gente quase não bebe refrigerante e já tem um monte na geladeira. Não tem mais espaço...
— Daniel, você pode ir ou não?

Tudo bem, eu sei que fiquei insuportável depois que meus pais combinaram que iam dar pra mim uma viagem pros Estados Unidos, então eu resolvi regular as despesas da casa o tempo todo. Ficava pensando em alguma coisa que pudesse ser feita pra não gastar a grana da família, que já não era muita.

Eu já tinha juntado trinta e cinco dólares pra viajar, desde outubro não comprava nada no colégio, tudo pra guardar a grana da viagem. Pelas minhas contas, até junho do ano que vem eu teria uns duzentos, essa grana eu levo na encolha, não vou contar pra ninguém. O que eu como no intervalo das aulas? Nada! Venho verde pra casa, mas até acostumei!

– Voltei mãe, o refrigerante tá aqui, ó.

– Só um?

– Ué, a senhora não falou que o refrigerante era pro goiabinha?

– Eu desisto, deixa meu filho. Pergunta à Elisinha se ela falou com a sua tia sobre o isopor.

Morar em casa de dois andares é bom porque você pode fugir das visitas chatas se isolando no segundo piso, mas em compensação tem que falar alto pra ser ouvido.

– Elisinha, a mamãe perguntou se você telefonou pra tia Celeste, perguntando se dá pra ela trazer o isopor de gelo!

– Já! Ela não tem isopor, vai trazer o balde de prata que ela ganhou do patrão do papai no casamento dela. Aquele negócio deve ser do tempo em que televisão era movida a carvão!

— Para de gritar gente. Dani, vai lá falar com a sua irmã.

— Haja perna...

— Você falou que era o isopor, Elisinha?

— Falei, mas você não conhece a peça?

— Ela não perde a oportunidade de mostrar o que tem, aquele balde já deve ter viajado mais do que eu e você juntos. Todo aniversário, Natal e Ano-Novo, lá vai ele!

— Ah, Dani-boy, nem ligo. Ela é chata sim, mas dá presente caro. Fica com ar de "eu tenho, vocês não têm".

— Você fala isso porque não é contigo que eles comparam o Vitinho. Aí maluco, me comparar com aquele frutinha? Cara, um dia...

— Você é bobo, Dani, deixa rolar. Tente ver o lado bom dele...

— No caso *dele* todos os lados são iguais, tudo redondo, né não? Mas talvez você tenha razão, vou tentar não pensar nele.

Difícil... O Vitinho era aquele primo que meus pais, principalmente a mamãe, sempre comparavam, tipo assim: "O seu primo Victor não ficou em recuperação, veja lá se não vai repetir o ano, hein?" Ou então: "Sua tia Celeste reclama de barriga cheia, o seu primo Victor é um menino de ouro!"

A HISTÓRIA DE DANI-BOY

O Vitinho era a mosca da minha sopa, ô moleque chato. E fruta! Eu odeio esses caras, eles ficam de conversinha o tempo todo com as meninas e sempre são os protegidos dos professores. Na minha sala tem um que sempre lê em voz alta o que os professores pedem.

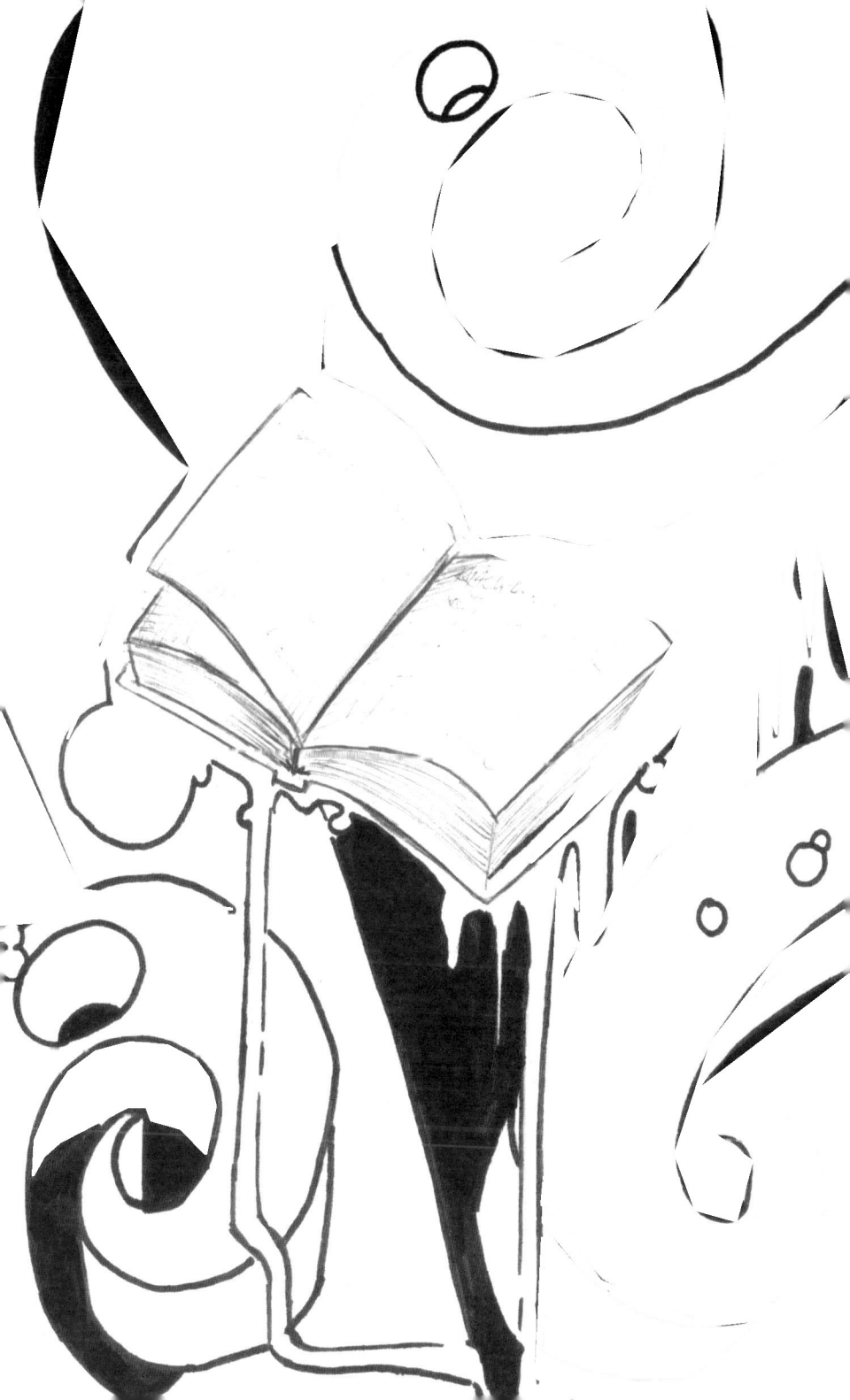

LEITURA DINÂMICA

Uma vez eu levei uma surra por causa do frutinha. Fiquei uns três meses bolando um plano pra arrebentar o gordo. Só não fiz isso porque não havia maneira de ninguém ficar sabendo, até perguntei pro Cabeção se arrumava uns caras pra pegar o goiabinha de jeito.
Depois o tempo passou e eu não fiz nada, mas quando eu me lembro...
Nós estávamos naquela fase da escola em que a professora mandava ficar lendo uns livros com umas historinhas totalmente previsíveis. Eu, que não sou bobo nem nada, lia o início, umas cinco páginas, depois umas páginas do meio e, por fim, as três últimas. Pronto, tava lido. Fazia uma redação falando muito dos trechos em que eu tinha dado uma olhada e me dava bem.
Enfim, criei um método! Bom, eu e a torcida do Corinthians...
Não me esqueço até hoje do diacho do título do livro do Orígenes Lessa, *Memórias de um cabo de vassoura*. Dói só de lembrar.

Bem, utilizando-me do "método Dani-boy", caprichei na prova e saí da sala tirando a maior onda; a minha turminha do fundo ainda lá, ralando.

Satisfeito, fui andando pelo corredor, e quem eu encontro ao sair da sala, rotundo e desajeitado? O primo Victor, é claro!

– E aí, maluco? Tudo certin?
– Tudo bem, Daniel? Você vai pra casa agora? Eu também...
– Me dei bem, maluco, acabei de fazer uma redação de um livro que eu nem li!
– Como assim?

Eu estava tão contente com a comprovação do meu método, que contei pro Vitinho o que tinha feito.

– Mas olha só, não conta pra tia Celeste, hein, cara? Senão ela fala pra mamãe e daí já viu, né?
– Que isso, Daniel? Vamos então?

O cara não se mancava, vê lá se eu ia ficar por aí andando do ladinho dele? Se alguém olha, até explicar que era praga do destino, ou seja, um primo, meu filme já teria queimado todo! Vá de retro!

– Não, maluco, vai indo na frente que eu vou ver uns lances por aqui.
– Quer que eu te espere?
– Vitinho, eu vou esperar uma garota, posso te arrumar uma amiga dela, tá a fim?
– Você não disse que ia pra casa?

– Ia, mas não vou mais!
– Tá, então eu já vou indo...
– Vai na fé, Vitinho! Vai na fé!

Quando eu cheguei em casa, nem preciso dizer como foi a recepção, mas vou descrever: Eram mais ou menos umas cinco e meia da tarde, normalmente, eu ia direto pra cozinha, comer uma fruta e contar o que havia acontecido no colégio. Lá em casa todo mundo tinha esse hábito, chegar e ir dando relatório do que fez na rua. Eu nem me tocava de que isso era a maior invasão de privacidade, simplesmente falava.

Em cima da mesa da cozinha tinha um chinelo virado pra cima, tendo "Madame Ruth" me acolhido com estas gentis palavras:
– Você não tem vergonha, não?
– Eu? O que é que eu fiz, mãe?
– O que você não fez, não é, Daniel?
– Como assim?

A ficha começou a cair, mas eu não podia acreditar na rapidez, não tinha dado tempo daquele frutinha ter chegado em casa, dado com a língua nos dentes e a tia Celeste ter contado pra mamãe, era rápido demais! Isso era o tipo de coisa pra se contar num almoço de domingo, daqui a uns dez anos, quando a gente fosse adulto e pudesse dar boas risadas.

– Sua tia Celeste ligou e me contou que o senhor fez uma prova sem ter lido o livro que o seu pai comprou com o dinheiro do nosso trabalho.
– Aí maluco, eu arrebento o Vitinho!
– Se você encostar um dedo no teu primo vai se arrepender, entendeu?
– Mas mãe, o livro era muito chat...
"Slam"!
Esse foi o som do chinelo que mamãezinha querida usava em nosso doce lar.
– Ai, mãe! Doeu...
– Vai doer mais, quer ver?
– Não, mãe!
– Anda, nem tira o uniforme do colégio, senta aí e lê esse livro em voz alta até o fim. Você não sai dessa cadeira sem ter acabado o livro, ouviu, Daniel?!
– Mas mãe...
– Nem mais, nem meio mais. Lê!
Eu li o livro embaixo de chinelo, cada vez que eu interrompia a leitura lá vinha uma chinelada, mais choro e mais bronca, não foi mole não! Acabei já eram mais de dez horas. Nem ranguei, fui dormir na maior fome. Só uma coisa me alimentava: a raiva!

Disso que eu contei sobraram duas coisas: uma é que eu não consigo ler um livro pela metade, tenho sempre a impressão de que estou fazendo algo errado e que vou ser castigado. Por um lado até que é bom, eu não desisto fácil da leitura, o chato é que eu acabo lendo uns troços ruins até o final, mesmo sem vontade.

A segunda coisa... é que eu odeio o Vitinho!!!

O BOM RAPAZINHO

– Um dia ainda vou tirar o couro daquele frutinha.
– O que foi, meu filho?
– Nada não pai, nem vi o senhor chegar...
– Tá falando sozinho, Dani-boy?
– Eu tava lembrando de um lance aí.
– É a idade...
– Ei, alto lá! O velho aqui é o senhor!
– Vem cá que eu te mostro o velho na queda do braço.
– Tá, embora seja meio na covardia, eu encaro. Só não vale roubar, eu ainda tô crescendo e não tenho tanta força no braço.
– Ei, ei, que história é essa, Adalberto? Deixa isso pra depois, vamos jantar pra ninguém ficar comendo com esganação na hora da ceia.
– Então pra que tanta comida, mãe?
– Elisinha, desce minha filha, vem fazer uma boquinha! Sua irmã e essa mania de esticar o cabelo com chapinha, qualquer hora cai tudo.

— Passa a salada, Dani-boy.
— Adalberto, diz para o patrãozinho aí que se Deus quiser ele vai para os Estados Unidos em julho do próximo ano. Portanto, ele não precisa ficar contando quantas rabanadas nós vamos comer na ceia de Natal.
— Junho mãe, junho!
— Está ouvindo sua mãe, não é? Nós não queremos confusão, muito menos aquelas indiretas pra sua tia Celeste e pro seu primo Victor, ouviu Daniel?
— Ih...
Salvo pelo gongo, lá vem Elisinha com o penteado novo, tô fora da berlinda.
— Oi, pai!
— Oi querida, cabelo novo?
— Gostou?
— Tá com cara de sorvete, Elisa. Sorvete de manga chupada...
— Está linda, meu anjo.
— Daniel, alguém já te disse que você é tão engraçado quanto um quebra-molas?
— Ui...
— Oi, oi, oi, vamos parando, é Natal e eu não quero confusão hoje. Adalberto, você comprou o que eu pedi, meu amor?
— Ouviu, né, Elisinha? Amanhã a gente já pode brigar de novo, é só uma trégua de vinte e quatro horas. Valeu, maluca?

– Maluca é...
– Vocês estão me ouvindo? Eu não vou repetir! Comprou, amor?
– Coloquei no nosso quarto.

As vésperas de Natal eram tensas, isso fora o corre-corre e aquele monte de coisas que todo mundo era obrigado a fazer e comer. Tanta correria pra chegar na hora da ceia e aturar aquelas comparações da tia Celeste... Se eu tivesse entrado num curso de violão, o Vitinho já tava se formando como maestro. Tudo bem, exagerei, mas é por aí. A Elisinha não entrava nessas comparações porque a tia Celeste pensava que por Elisinha ser menina, ela tinha mesmo é que casar e pronto. Tá dando pra ter uma ideia de como é a "Tia Celestossaura"?

A mamãe ficava pra morrer quando eu abria a boca, se ela pudesse colocava uma mordaça em mim, tipo Escrava Anastácia, toda vez que a titia vinha aqui em casa. Ah, eu não contei: a maravilhosa tia Celeste nem era tia de sangue mesmo, ela tinha sido casada com um irmão do papai que morreu em um acidente de carro há uns três anos.

Assunto tabu: o acidente do tio Carlos. Vitinho estava no carro e ainda não tinha superado o trauma de ter perdido o pai, tadinho... Aí maluco, num tô nem aí, quero que o Vitinho se exploda, valeu?

Na noite de Natal eu sempre tenho a impressão de que a gente se veste pra mostrar aos parentes que comprou uma roupa mais nova do que a deles. Não tem muito sentido isso, todo mundo toma banho quase na mesma hora – o que lá em casa pode significar uma batalha feudal pela posse de um território – usa o perfume mais cheiroso que tiver, veste uma roupa cara, se empanturra de comida, e...

– Elisinha! Sai do banheiro, cara, tô apertadão...
– Vai no banheiro da mamãe, Dani, eu ainda vou demorar.
– Cara, vai fazer o que nesse cabelo?
– Me deixa, Dani-boy! Não vou sair agora e pronto.
– Elisa, a mãe tá com o pai no banheiro, cara, num vou bater lá não! Acorda, né, maluca, eles devem...

Elisinha abre a porta.

– Você acha?
– Ah, qual é, né, Elisinha, você ainda tá na história da abelhinha? Cai na real, os velhos tão na maior função!
– Como é que você sabe?
– Não sou lesado que nem você. Se toca, Elisinha, eles vivem se alisando, cara. Trocam olhares depois do jantar e o velho sempre vai mais cedo pra cama ler um livro. Você já viu essa biblioteca que eles têm no quarto? Eu não!
– É mesmo, tem sempre um papo de livro, mas eu nunca vejo ninguém lendo...

A HISTÓRIA DE DANI-BOY

— Fica na tua, eles tão certos, poxa... Têm que aproveitar enquanto têm pique, né não? Ih, olha ali!
— Hã?
"Sblan"! Mais rápido que um avião, mais esperto que uma gazela... Epa, gazela não! Mais ágil que uma lebre... Não, isso também não! Ah, olha, eu entrei rapidinho no banheiro, ok?
— Pô, Dani-boy, sujeira! Isso não se faz, cara, minhas coisas estão aí dentro! Dani, me deixa entrar, vai?
— Pra você se trancar aqui dentro mais uma hora e a mamãe ficar gritando pra eu descer que o Vitinho já chegou com a sua tia Celeste? Nem pensar! Dançou, maninha!
A Elisinha era gente boa, mas essa mania de esticar o cabelo tava demais, maluco. Ela tomava posse do banheiro e não queria mais sair. Pô, vai esticar o trem lá no quarto, né não?
Vou fazer a linha exemplar neste Natal, não quero que nada atrapalhe a minha viagem em junho, vou ser o Dani-boy do papai e da mamãe, vocês vão ver!

PARENTES: 1º ROUND

Atenção, senhoras e senhores! No dia 24 de dezembro, o relógio marca: vinte e três horas em ponto! Vai começar a luta do ano! De um lado, família feliz, do outro, a inexpugnável Celestossaura-Rex com sua cria híbrida, metade bicho, metade fruta! "Din-Don!" A porta é aberta e as criaturas aparecem.
– Celeste, você está ótima! O que você fez, mulher?
– Nada...
– Ah, fala a verdade, Celeste!
– Para você eu conto... Fiz lipoaspiração!
– Ficou ótima, menina! E esse cabelo, como cresceu!
– Aplique!
– Mas a que se deve tamanha transformação?
– Deu vontade, só isso!
– Sei... Aí tem!
– Celeste, Victor, entra, gente! Vai ficar todo mundo aí na porta parecendo cobrador?
– Feliz Natal, cunhado!
– Feliz Natal pra você também, Celeste! Me dá um abraço aqui, meu amigo Victor...

– Feliz Natal, tio Adalberto!
– Quer beber alguma coisa, Celeste?
– Agora não, Ruth, obrigada. Ah, já ia me esquecendo, eu trouxe o balde de prata que você me pediu. Cadê os meninos?
– Tem refrigerante, tia?
– Vou pegar. A Elisinha está se arrumando e o Dani já deve estar descen...
– Boa-noite, família! Tia Celeste, Vitinho, Feliz Natal pra todos!
– Ele bebeu?
– Adalberto!
– Olhe só para este menino, está virando um rapaz! Olha, Vitinho, o Daniel já está quase do seu tamanho!
Começou! Tá me chamando de tampinha. Virando um rapaz é demais, né não? E o Vitinho, tá virando o quê? Framboesa?
– E a senhora, tia Celeste, está mais bonita...
– Eu não estou gostando disso, Ruth.
– Nem eu.
– Como estão os estudos, meu filho? Passou em todas as matérias deste ano, Daniel?
Vocês estão vendo que eu não estava exagerando, né? Ela pede...
– Claro, titia. E o Vitinho?
– Vitinho este ano não teve um bom desempenho, tirar oito e meio em educação artística e oito em educa-

A HISTÓRIA DE DANI-BOY

ção física, para quem sempre teve um desempenho exemplar denota que ele ainda não superou todas aquelas questões.

– Mãe...

Cretina, logo as matérias em que eu tiro dez! Se não fosse a Elisinha chegar naquele instante eu ia dizer pra essa bruaca o que é que denota...

– Oi, tia! Feliz Natal, Vitinho! Primo, como você emagreceu!

– Oi prima, eu...

– Você acha, Elisinha? Ele não consegue reduzir os doces! Eu não reclamo porque o cérebro da gente se alimenta de glicose e água, não é mesmo? Fico pensando que ele pode precisar de mais... Além do que, o Victor ainda está em fase de crescimento!

É, crescimento pros lados. Eu sei do que ele precisa mais que açúcar e água, no cérebro...

– Tá aqui o seu refrigerante, meu filho.

– Obrigado, tia Ruth.

– E você, Elisinha, como estão os namoros?

– Sou muito nova pra namorar, titia...

Fingida... Tem neguinho pendurado até na bainha da saia dela.

– Dani, me ajuda aqui na cozinha, meu filho? Pega umas travessas na geladeira pra mim?

– Claro, mamãe!

39

Ih, maluco, pelo jeito lá vem bronca.
– Eu estou de olho em você, hein, rapazinho!
– Mas o que foi que eu fiz?
– Nada, mas eu estou de olho nessa boquinha...
– Assim não dá! Tô na maior boa vontade com os acessórios dela e a senhora vem pegando no meu pé?!
– Daniel...
– Fala a verdade, se ela tirar o aplique, as unhas, os cílios, a tinta do cabelo, a cinta... Maluco, deve dar medo!
– Leva esta cerveja pro seu pai e veja se fala um pouco com o seu primo.
– Ali, mãe, dentro da geladeira!
– O quê?
– Papai Noel te chamando...
– Não entendi!
– Eu também não, conversar com o goiabinha? Ah, tem dó, nem se fosse caso de vida ou morte.

O clima era esse, de paz e harmonia, afinal, é Natal! Brincadeiras à parte, eu tinha feito uma promessa de que neste Natal ninguém ia me tirar do sério, nem a tia Celeste. O Vitinho era desse jeito que vocês estão vendo, pouco falava, só mesmo pra fazer uma fofoquinha, delatar os outros e pra dizer sim pra Celestossaura – gostei desse apelido, combina com o novo cabelo.

– Podemos ir para a mesa, não é Adalberto?

A HISTÓRIA DE DANI-BOY

— É, amor, quando der meia-noite a gente vai estar ceando...
— Quero propor uma coisa!
— Nem vem, Dani!
— Fica fria, Elisinha.
— O que é que você propõe, Daniel? Tão bonitinho ele dizer essas palavras novas, está progredindo nos estudos, hein? Daqui a pouco ele te alcança, Vitinho... "Te alcança" o escambau, maluco! Sai da minha aba! Vê lá se eu vou me aproximar dele?
— Eu estou me esforçando, titia... Com força, pode crer!
— Vamos logo pra mesa e deixa de brincadeira, Dani-boy.
— Calma aí, pai, quero propor que rezemos um Pai-nosso para agradecer esta ceia farta, e a presença dos nossos parentes aqui em casa.
— Pronto...
— Eu não sabia que você estava dando formação religiosa para os seus filhos, Ruth.
— Nem eu, ou melhor, sempre falamos em Deus para os meninos. Foi muito bem lembrado, meu filho, rezar nunca é demais, não é mesmo, Celeste? Acalma a todos.
— Claro, claro...
Elisinha puxou a reza, nós acompanhamos lindamente.

Papo vai, papo vem, o assunto da minha viagem saiu. A tia Celeste, como sempre, não podia perder a oportunidade pra tentar tirar a azeitona da minha empada.

— Mas me conta isso, Adalberto. O Daniel deve estar muito bem mesmo, ganhar uma viagem internacional não é para qualquer um não...

— É promessa antiga, Celeste, ele só não foi no ano passado porque não estava bem no colégio. Mas ele merece, não é, Dani-boy?

— É isso aí, velho!

— Eu também vou!

— Como assim, tia?

— É isso mesmo, Elisinha. Eu e Vitinho vamos viajar também, só que para a Europa.

— Quando, Celeste?

— Nós pretendemos sair daqui na segunda semana de junho, Ruth.

— Ih, igualzinho ao Daniel! Pra onde vocês vão, cunhada? Paris, novamente?

— Vamos começar por Portugal, depois Espanha, ficamos uns dias na França e acabamos na Grécia.

— Celeste, esse roteiro não vai ser muito cansativo para pouco tempo? E o Vitinho, não vai ficar muito sozinho?

— Não, Vitinho não gosta de muita garotada. E tem mais, nós vamos em uma excursão muito conceituada e bem em conta.

— Elisinha, pega as tortas que estão na geladeira, minha filha? Ajuda a sua irmã, Daniel!
— Sim, mamãe.
Mesmo achando que não era uma boa hora sair da sala, fui pegar a bendita torta.
— Sai da frente da porta da geladeira, Dani.
— Você viu a cara do maluco, Elisinha? Os dois vão reencontrar os antepassados.
— Hein?
— As múmias, garota! Eles vão naquelas excursões que só entram e saem dos museus. É o tipo de viagem que não dá tempo pra conhecer nada, saca? Vão pagar em trinta e seis vezes e ela vai contar essa viagem nos próximos cinquenta Natais.
— Vou levar o sorvete de creme também.
— Tá... Você viu o cabelinho dele?
— Para, Dani, deixa ele...
Quando voltei pra sala, minha vida tinha mudado. Quem fez isso? Adivinha...
— Daniel, acho que vamos mudar o roteiro da sua viagem!
— Como? Peraê, maluco, eu não quero ir pra Europa visitar museu, não!
— Ele continua ansioso, não é mesmo, Ruth? Precisava ver isso...
— Mãe...

– Calma, Daniel, é que a sua tia estava falando quanto é que ela vai pagar na excursão. Eu fiquei pensando que você podia acompanhá-la até Portugal e de lá pegar o voo pra Nova York, lá você pode...

– Mas pai, já tava tudo acertado com os meus amigos da excursão do colégio...

– A diferença é razoável, Dani, os voos e excursões da Europa para os EUA estão muito mais em conta. Nós pagamos muito caro pra voar daqui do Brasil. Menos aquela bruxa, ela voa de qualquer jeito, nem precisa de vassoura.

– Ah, Celeste, eu ficaria realmente mais segura se você fosse com ele.

– Segura de quê, mãe? Eu vou atravessar dois oceanos só pra economizar meia dúzia de dólares?

– Não está nada certo ainda filhão, fica frio!

Pronto, era só o velho dizer pra ficar calmo, que podia colocar o óleo na frigideira, eu tava frito! Putz, a tia Celeste era o demo em forma de gente, cara. Por que o tio Carlos foi casar logo com essa mulher? Por que, meu Deus?

Ela ganhava quase todas as batalhas, isso era o que mais me revoltava, desde pequeno era assim, um dia eu ainda vou à forra.

Pra mim o Natal tinha acabado!

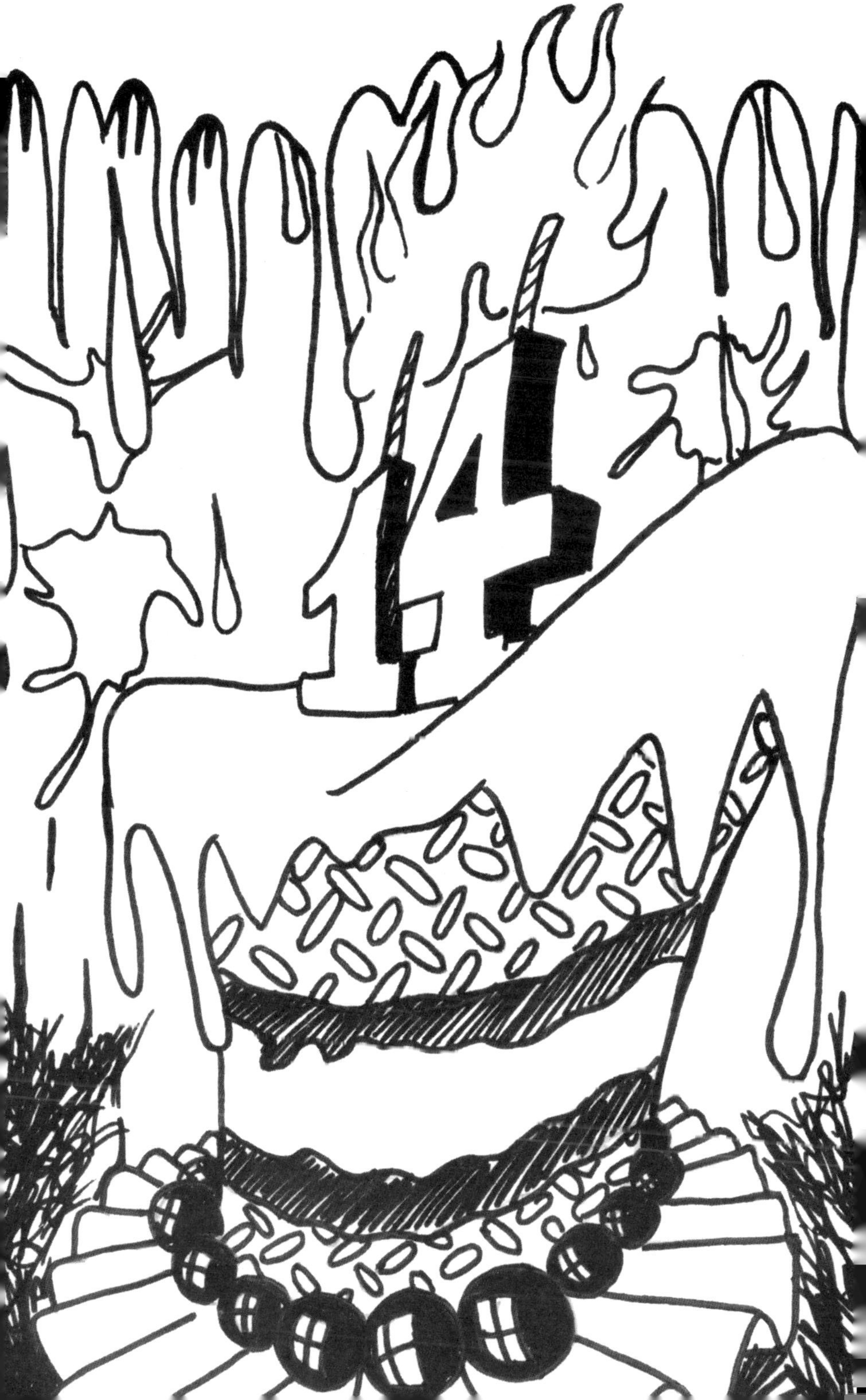
14

HAPPY BIRTHDAY

Os meses foram passando e eu não conseguia convencer os meus pais de que a economia que eles pretendiam fazer não era relevante.

Se eu fosse com a tia Celeste, ia perder alguns dias de aula, eu dizia... Mas dependendo da pessoa, esse argumento não cola, né não? No dia do meu aniversário foi outro barraco.

– Eu disse que não queria que a senhora convidasse o Vitinho, o pessoal da rua vai estar aqui, eles vão me zoar até o final do ano por causa dele.

– Deixa disso, Daniel, ele é seu primo!

– Dá um tempo, né, mãe, primo não é parente!

– Como não?

– O professor ensinou que pela lei brasileira o parentesco vai até o terceiro grau, acaba nos tios, e no meu caso o tio nem é a tia Celeste, graças a Deus!

– Nunca ouvi falar isso, deixa de invenção, Dani!

– Não tô inventando, mãe, vou pegar o caderno pra senhora ver. Olha aqui, ó...

– Tem certeza que você anotou isso certo? É isso mesmo?

– Putz, assim é dose, né não? Vocês colocam a gente no colégio, o professor ensina e a senhora me pergunta se tá certo? Tá me chamando de tapado, mãe?

– Dani...

– Pô, mãe, eu não quero que o Vitinho esteja aqui no meu aniversário... Maluco, o cara é muito frutinha!

– Eu já falei que eu não gosto dessa sua mania de me chamar de maluca.

– Aí mãe, você tá desconversando, eu não chamei a senhora de maluca, nem vem!

– Convidei e pronto! E veja se não vai tratar mal o seu primo, a sua tia também deve vir.

– Eu não acredito! Vamos combinar uma coisa? A partir do próximo ano eu não quero mais comemorar o meu aniversário, tá bom assim?

Nesse momento meu pai estava chegando em casa. Ainda bem, mulher não entende essas coisas.

– O que é que está acontecendo?

– A mamãe, pai, ela convidou o frutinha e a Celestossaura pro meu aniversário sem falar comigo. O pessoal da rua vem aqui, eles vão me zoar até o final do ano por causa dele...

– Ele é seu primo, Dani-boy.

– De novo, não! Ah, pai, o senhor sabe do que eu tô falando!

Não adianta, quando você é menor de idade, pode se defender com uma tese de doutorado da melhor faculdade do mundo que seus pais desconsideram tudo com um argumento muito simples: "Mas eu quero!" Depois somos nós que somos infantis, que não queremos crescer etc.

Que ódio, maluco!

A tia Celeste tinha um cartaz com os velhos que parecia ser indestrutível, era impressionante, sempre que eu argumentava alguma coisa eles vinham com uma "boa ação" da bruaca no passado. Eu acho que na contabilidade familiar, cada boa ação paga umas três pisadas de bola.

A lembrança mais comum era a de que quando nós nascemos, ela e o tio Carlos cuidaram da vovó, mãe do papai, até os últimos momentos de vida. Ela tinha aquela doença que deixa a pessoa tremendo sem parar, não conseguia nem segurar um garfo pra comer, e a tia Celeste é quem dava comida pra ela, dava banho...

A mamãe, quando a gente era pequeno, não dava conta do recado. Daí papai dizia: "Nós somos eternamente gratos à sua tia, ela se desdobrou, cuidou da minha mãe até o fim. Se não fosse a Celeste, como é que seria? Só colocando num asilo e isso eu não admito! Somos eternamente gratos à sua tia."

Esse eternamente me parecia longo demais... Eu tô fora dessa, maluco, não tô nem aí! A gente se virava, sei lá...

E tinha aquele lance da diferença que ela fazia entre a gente e o Vitinho, só faltava falar que ele era melhor do que a gente, as notas, a boa educação... Pra mim isso tudo é boiolagem!

Teve uma vez que eu fiquei com tanto ódio da Celestossaura que não conseguia falar, fiquei mudo de verdade. Eu tinha uns sete anos e Elisinha cinco, a gente se lembra disso até hoje, não foi mole não!

Era aniversário do Vitinho e o tio Carlos ainda estava vivo. Antes de cantar os parabéns, ela, Celestossaura, estava conversando com uma amiga na cozinha da casa deles, daí a tal amiga fez um comentário de que a gente estava com a mão suja, precisava lavar.

Pra valorizar o "Victor Goiabinha", ela começou a dizer que nós não dávamos sossego pra minha mãe, que eu era um capetinha, vivia estragando as roupas e os brinquedos que ganhava dos meus pais, que até ela já estava dando presentes mais baratos porque sabia que a gente não ia ter cuidado etc.

As roupas "novinhas" do Vitinho que não serviam mais nele, ela dava pra mamãe. Nós estragávamos as roupas tão rápido que se não fosse a ajuda dela nós ficaríamos quase sem roupa. O Vitinho era muito cuidadoso...

E sempre concluía com a seguinte frase: "Sabe como é, né? A Ruth é muito boa, mas frouxa."

Aí maluco, você não metia a mão no moleque, não?

A HISTÓRIA DE DANI-BOY

Eu não perdia a oportunidade de baixar a mão no guri, mas fazia sabendo que ia dar confusão, ele abria o bico de um jeito que parecia uma sirene de ambulância. Ninguém acreditava que eu era inocente, fosse o que fosse, a vítima era sempre ele.

No dia do tal aniversário, eu me lembro como se fosse hoje, a titia tava no maior tricô com a tal amiga. Eu e Elisinha escutamos boa parte do papo e combinamos de contar pra mamãe quando ela chegasse. Era uma injustiça que tinha de ser resolvida, por bem ou por mal. Qual é, cara? Falar mal da gente pra qualquer um e de banda desmerecer a mamãe?

O detalhe é que os velhos chegaram somente na hora em que todo mundo estava sendo chamado pra cantar os parabéns, não deu tempo pra conversar com nenhum dos dois antes.

Todo mundo cantando e eu e Elisinha calados, olhando tudo aquilo com a maior raiva. Daí começaram a cortar o bolo e distribuir os pedaços. Na hora dos nossos, ela, Celestossaura, cortou as fatias mais finas de todas e deu pra gente, eu tenho certeza! Pra todo mundo ela dava cada naco de bolo que a pessoa até deixava de lado pra não entupir de tanto comer. O nosso não dava pra tapar as cáries!

Nós não comemos, ficamos olhando um pra cara do outro sem falar nada.

51

Mamãe, estranhando a cena, quis saber o que tava acontecendo, e a gente, não aguentando mais aquela pressão toda, abriu o bico dos dois jeitos, nós chorávamos e falávamos ao mesmo tempo. As fatias de bolo caíram no chão e o copo de refrigerante que tava na mão da Elisinha molhou a mesa onde estavam os doces... Enfim, a gente acabou com a festa!

Depois de muito custo, conseguimos falar alto e bom som que a tia Celeste tinha dito que a mamãe era uma bruxa – coisa que a gente nem sabia direito o que significava, mas entendia que não era um elogio – que ela falou pra tal mulher que a gente era sujo, que o Daniel tinha parte com o diabo e que nossos pais eram pobres, por isso é que ela dava roupa pra gente, caso contrário nós iríamos andar pelados na rua.

O clima não ficou dos melhores, e como criança não tem vez mesmo, a tia Celeste tomou a palavra e chamou a tal amiga pra contar o que ela tinha dito, na nossa frente. É claro que a mulher confirmava tudo o que ela dizia, né?

Foi um desastre, a gente levou umas palmadas na frente de todo mundo e foi pra casa mais cedo. Elisinha chorou muito, mas eu não. Apanhei no seco, não saiu uma lágrima sequer, tinha tanta raiva da tia Celeste que fiquei mudo. Quando o papai obrigou a gente a pedir desculpa pra ela e a tal mulher, a Elisinha pediu, mas da minha boca não saiu um som sequer.

A HISTÓRIA DE DANI-BOY

Não preciso dizer que levei outra palmada por causa disso e só voltei a falar no dia seguinte, de tarde. Eu sempre fui cascudo. Macho!

Aí, tá achando que a tia Celeste é mole? Quer trocar por uma tua, maluco?

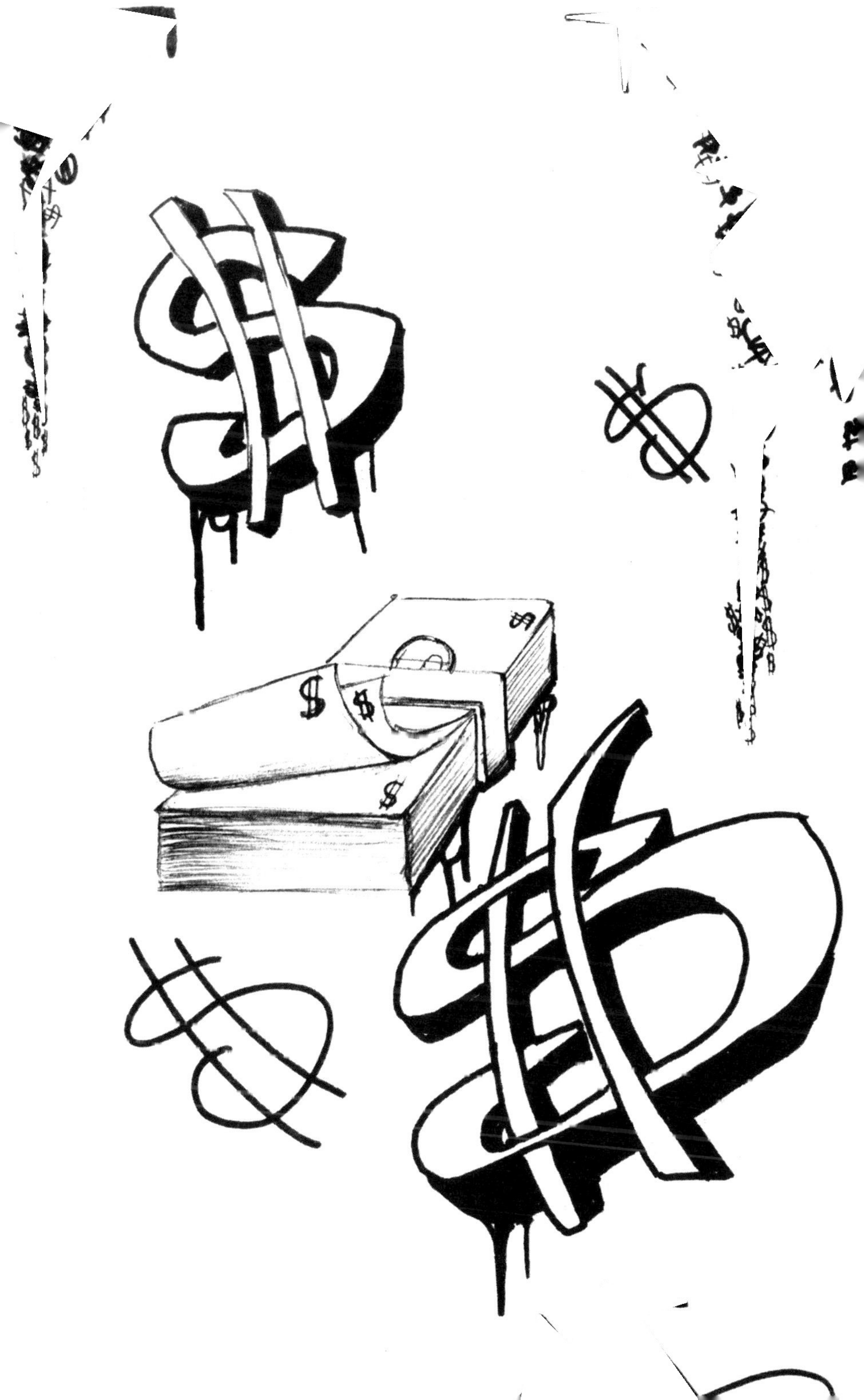

UM NOME A ZELAR

Voltando à minha viagem, o mês de abril não passava e eu torcia pra que eles não conseguissem liberar o passaporte do Vitinho. O meu já estava comigo desde antes de terem saído os resultados das minhas "pouco favoráveis notas escolares" no ano passado.

Cinco de maio. Eu e o Cabeção – meu amigo de bairro desde que a gente se mudou pra cá – estávamos lanchando quando a mãe chegou do supermercado com a Elisinha.

– Oi, D. Ruth! Oi, gatinha!
– Oi, meu filho, tudo bem? Como vai sua mãe?
– Normal...
– Oi, Cezar!
– Aí maluco, tira o olho da minha irmã, valeu? Mãe, o biscoito de chocolate acabou. A senhora comprou mais?
– Não, nós estamos economizando pra sua viagem.
– Pô, nada a ver, hein, mãe?
– Pra economizar o que os outros gostam você faz força, mas o seu...

— O negócio aqui tá feio, hein, Dani-boy?
— Nem me fala, tô ouvindo um quilo todo dia com esse lance da viagem.
— Sua tia ligou avisando que está tudo certo, ela conseguiu liberar o passaporte do Vitinho e a agência já entregou as passagens de vocês três.
— Vocês três? Você vai viajar com aquele teu primo, Dani-boy?
— Mãe...
— Você não disse que ia pros Estados Unidos com a galera do colégio?
— Vou, mas...
— A tia dele conseguiu um preço ótimo. Eles vão fazer uma conexão com a excursão dela. Primeiro eles seguem até Portugal, lá permanecem dois dias juntos, depois ela segue com o primo do Daniel enquanto ele pega um voo de outra excursão pros Estados Unidos. A viagem é mais longa, mas além do Daniel conhecer um pouco de Lisboa, só com essa diferença nós pagamos a alimentação que não estava incluída no pacote de viagem da agência do colégio dele. O dólar está muito alto pra desperdiçar...
— Aí maluco, com o priminho e a titia, ligadinhos nos museus...
— Nem vem, Cabeção, vê se não vai me entregar pra galera, meus pais é que armaram esse lance, eu já tava até desistindo...

DANI-BOY NÃO ESTÁ NEM AÍ

— O que é isso, rapaz? Pensa em vocês dois dormindo juntos, passeando de mãos dadas, cantando um fado...

— Maluco, já tô nos nervos contigo!

Pronto, eu tinha caído em desgraça, a rua inteira ia saber que a viagem seria com o Vitinho. Toda vez que ele vinha aqui em casa eles ficavam me zoando um tempão. Eu não tô aguentando, tá demais pra mim.

O Cabeção tá merecendo uns tapas, maluco, ele não para de olhar a bunda da Elisinha...

— Aí, se continuar olhando pra minha irmã vai levar um corretivo!

— Tá ofendidinho só porque eu descobri o teu segredo, Dani-boy?

— Que segredo? Vamos lá na rua ver se o Julinho já chegou do colégio.

— Demorô...

A mamãe me paga... Custava ter ficado de bico calado?

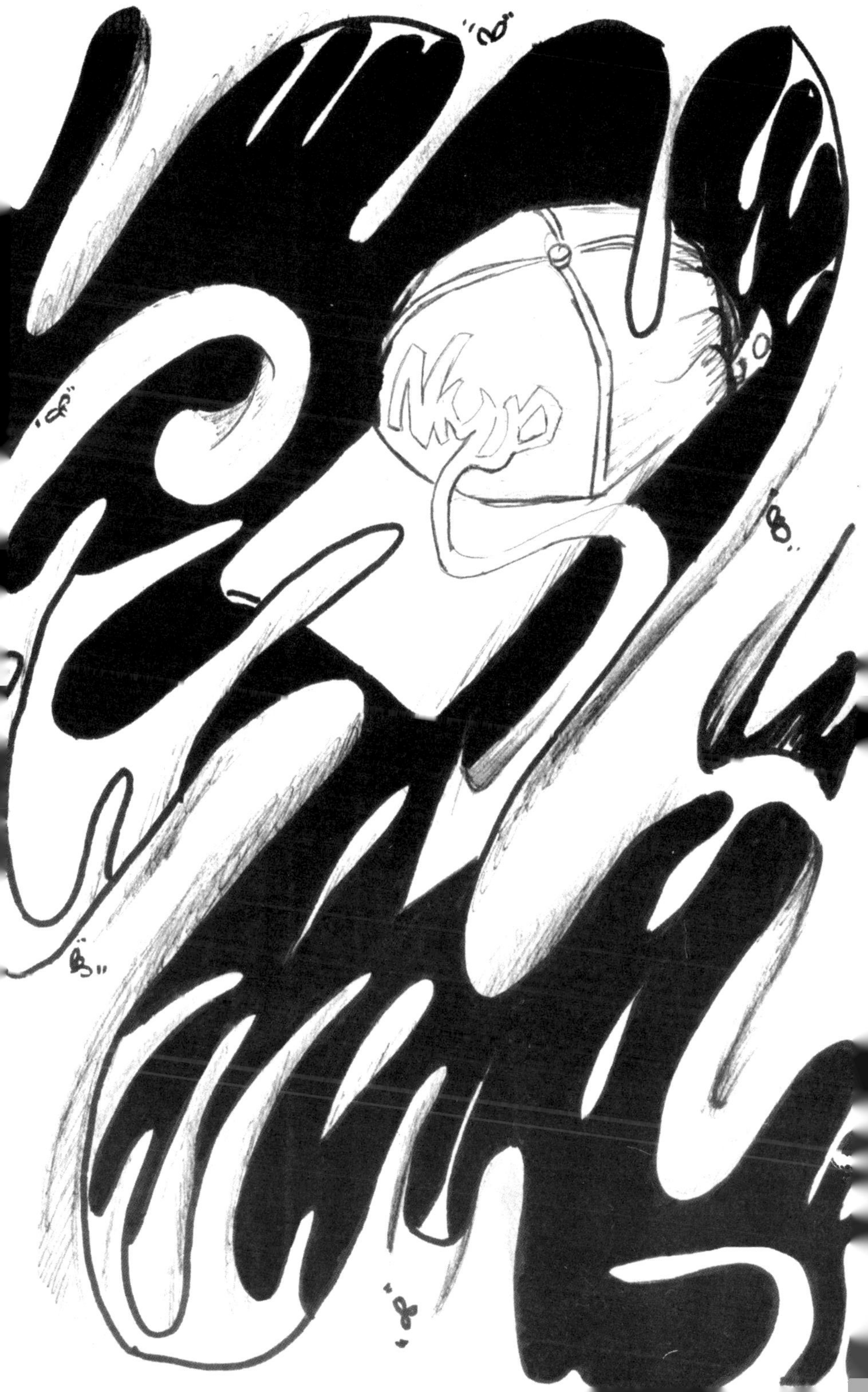

MÃE É...

Mais algumas semanas se passaram. Faltavam uns quinze dias pra viagem quando o meu pai chegou em casa com uma novidade: eu teria de tomar um monte de vacinas. Estava tendo um surto de dengue na cidade e até já tinham noticiado dois casos de doença de chagas num bairro bem próximo da casa da gente. O governo americano, que não sabe a diferença entre um argentino e um mosquito – os dois incomodam muito –, estava exigindo que nós tomássemos uma vacina pra não levar mais essas perebas de terceiro mundo pra lá. Sabe como é americano, né?

Lá fui eu com a mamãe tomar a tal vacina. Como mãe é dose, ela me fez tomar uma pra combater a gripe também. Aqui era inverno e lá era verão, eu ia passar muitas horas dentro de um avião com muitas mudanças de temperatura etc.

Eu vou te contar, mãe pensa em tudo! Não sei como cabe tanta coisa lá dentro.

ALBERTO ALECRIM

Eu fiquei com os dois braços que não dava pra encostar, mas nada me abalava, eu não via a hora de encontrar a minha galera do colégio lá em Miami, nós combinamos de nos reunir no dia da minha chegada. Nós vamos invadir a praia dos gringos! Maluco, os Estados Unidos da América não serão mais os mesmos depois que nós tivermos passado por lá!

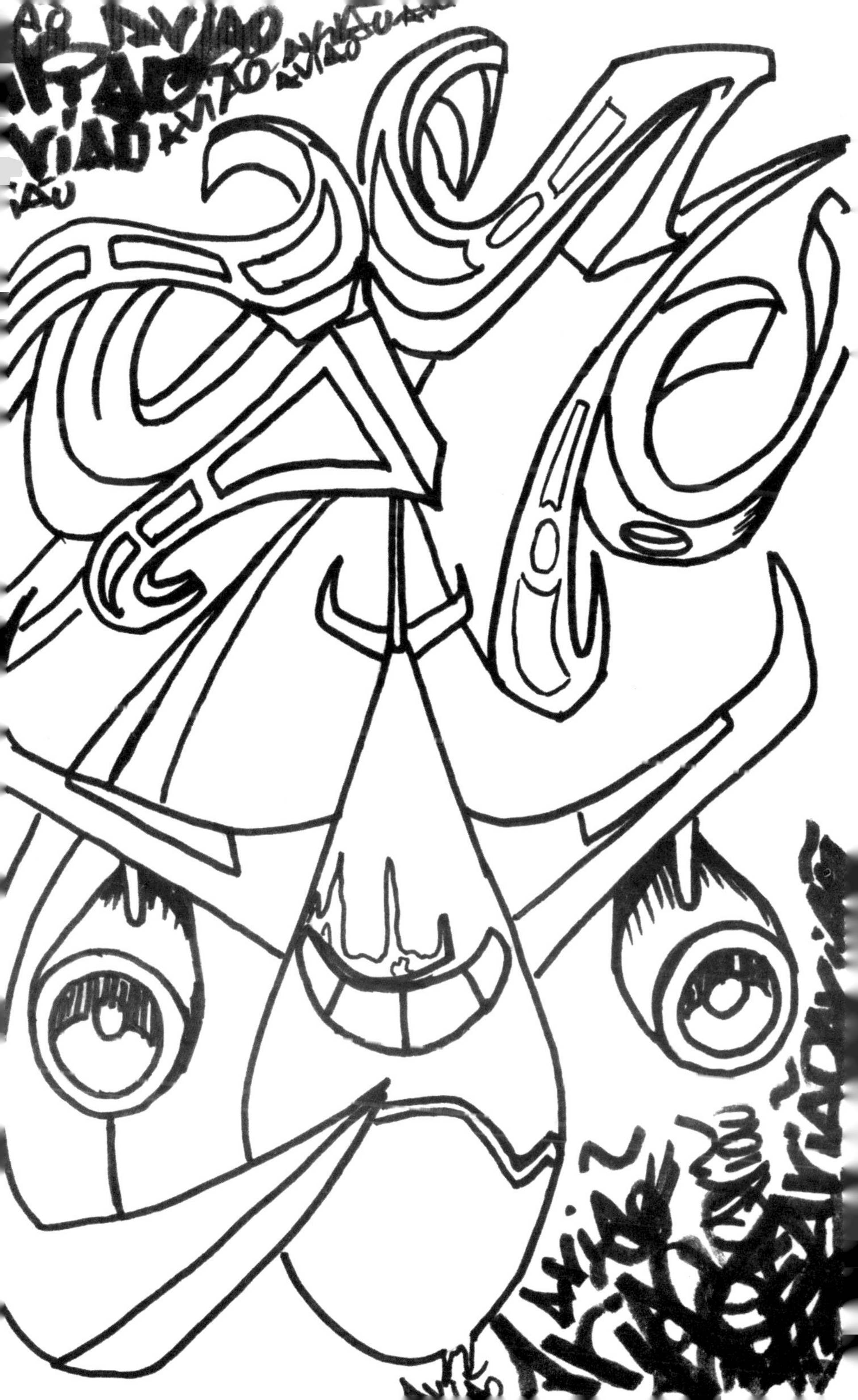

E LÁ VAMOS NÓS!

No dia da viagem foi uma loucura. Elisinha no banheiro alisando aquele cabelo, a mamãe me mandando colocar *mais* um agasalho, e *mais* uma camisa, e *mais* uma cueca, e mais...
O papai dizendo que eu devia levar só o essencial, pra *não* levar tanto casaco que ele *não* ia pagar excesso de peso, que *não* havia mais dinheiro, que assim *não* dava e um monte de outros *nãos*.
Tia Celeste no telefone, falando pra gente chegar mais cedo porque tinha dado no rádio que o trânsito estava engarrafado e coisa e tal...
Enfim, aquele clima que parece que todo mundo está de mudança pra Indonésia, mas na verdade só você vai viajar pra Disneylândia.
Dá pra imaginar? Fica todo mundo no clima de viagem junto contigo, e eu que era o viajandão tava tranquilo! Parecia anestesiado...

Quando a gente chegou ao aeroporto, o goiabinha foi logo pegando o carrinho pra não carregar peso.

– Já viu a fresqueira dele, Elisinha?
– Para, Dani-boy, eles podem ouvir.
– Anda gente, até parece que ninguém aí viajou de avião!
– Calma, tia, dá tempo, tem duas horas ainda...
– É, Elisinha, mas a agência foi bem clara, todo mundo tem que embarcar as malas com duas horas de antecedência e se reunir para algumas orientações sobre a viagem antes do voo sair.

Eu estava cansado, tinha dormido pouco durante a noite, fiquei pensando o tempo todo na viagem. Não via a hora de entrar naquele avião e dormir largadão.

Alguém aí já se despediu de um parente no aeroporto e teve vontade de chorar? Eu pensava que era diferente, olhei pros meus pais e pra Elisinha, deu a maior vontade de "verter umas lágrimas", como diria o autor de um livro que eu tinha lido na escola. Esse eu li mesmo, valeu?

Pô, meus pais eram muito bacanas, iam ficar no maior aperto nos próximos meses pra pagar essa viagem.

Eu nem era grande coisa como filho, mas eles gostavam de mim pra caramba. O velho era meio seco, mas gente boa. A mamãe era igual a todas, às vezes meio enjoadinha, mãe é mãe e tudo bem. Elisinha falava igual a um gato, parecia que tinha sempre algo a mais para dizer depois da última palavra de uma frase, era assim:

DANI-BOY NÃO ESTÁ NEM AÍ

"oiii...", "tááá..." Um saquinho, mas era minha chapa, não me entregava e ainda me dava cobertura nuns lances. Cara, quando a minha irmã for namorar pra valer com alguém eu vou ter de levantar a ficha, não vai ser qualquer um não, maluco!
Ih, sentiu que eu mudei o tom da história? Que eu estou sentimental de uma hora pra outra? Pois é, avião! Dá uma tremedeira... Você pensa em tudo ao mesmo tempo, se arrepende das menores coisas. Pensei até em ser um cara menos... Assim, sabe como é que é? Ah, deixa pra lá!
Abraça um, abraça outro e as recomendações finais, é dose...

— Olha lá, helri, veja se não arranja encrenca com a sua tia, ela está sendo superlegal com você, e não gasta todo o dinheiro para não ficar com fome, calcula tudo direito para não faltar. Quando chegar nos últimos dias, aí sim, você pode comprar uma ou outra coisinha, o negócio é se divertir e comer, entendeu?
Tia Celeste, legal comigo?
— Já sei isso de cor, velho, quer que eu repita?
— Mas pra mim você vai trazer o que eu te pedi, não vai?
— Se der, né, Elisinha?
— O que você pediu ao seu irmão, menina?
— Camisinhas suecas!

— Daniel!
— Nada, coisa nossa.
— Eu não quero confusão com a sua tia, ouviu? Veja se não fica jogando indireta pro seu primo, vocês vão ficar juntos só dois dias.
— E se ele quiser me beijar?
— Daniel!!!
— Acho que já estão chamando o voo, mãe.
— Me dá um abraço e juízo, hein?! Meu filho, você não está com calor, não? Tira esse casaco menino, você está suando...
— Vou tirar, deixa eu ser revistado por aqueles sujeitos ali com roupa de pinguim, assim eu imponho mais respeito. Músculos, entende?
Isso não tem fim, é tanta recomendação, tchaus, beijos, vai com Deus, Santa Efigênia e tudo o mais. Grude!

Uma coisa engraçada que eu reparei enquanto a gente ainda não tinha entrado no avião, foi que as pessoas ficam com "cara de viagem" quando entram no aeroporto, não importando se são elas que vão viajar ou se são os outros que vão. Fica todo mundo com ar de importante...

Ok, nada mais importa, estamos viajando e dentro de poucas horas nós vamos aterrissar em Portugal. Só mais dois dias ao lado do goiabinha e da "Dona Encrenca". Eu aguento!

A HISTÓRIA DE DANI-BOY

Dani-boy nos Estados Unidos da América, não é pra qualquer um não, maluco! Eu e a minha galera vamos zoar muito na terra do Tio Sam. Queria dormir esses dois dias inteiros, só pra não ter de olhar pra cara do goiabinha e da goiabona. Maluco, deve estar um calorão lá! Sono...
– Acorda, Daniel!
– Hã? Ai!
– Já estamos chegando... Menino, você está todo molhado, eu nem vi que você estava suando tanto, dormi como uma pedra. Vamos trocar essa camisa, anda.
– Tia, eu não tô legal...
– Quer vomitar? Eu falei para você não comer tanto chocolate.
– Não, mãe, ele está com febre.
– Como é que você sabe, maluco?
– É mesmo, Vitinho! Eu vou pedir um termômetro para a aeromoça. Vai lá no banheiro tirar essa camisa, Daniel. Pega esta aqui do teu primo. Eu disse à sua mãe que você devia trazer uma bolsa de mão, mas ela falou que você não gostava. Vitinho sempre traz.
  Maluco, eu não tinha força nem pra pensar no Vitinho, aceitei a camisa do frutinha. Tava mal!
– Vai com o teu primo, Vitinho!
  Aí não, tô avariado, mas num tô morto!
– Não precisa não, tia...

71

— Vai junto, Vitinho, parece que seu primo está com febre alta, pode precisar de ajuda.
— Quer que eu te auxilie, Daniel?
— Precisa não...
— Deixa a porta aberta, primo.
— Pô, pera lá, né, Victor! Pega leve, cara.
— Eu só queria te ajudar... Tô aqui fora se precisar. Bonzinho demais pro meu gosto, só falta se oferecer pra dar as três balançadinhas... Não nasci ontem!
"Cabum"!
O que foi isso? Explico: O delicado som da minha cabeça na quina da privada do banheiro. Me estabaquei!
— Tudo bem aí, Daniel? Daniel?
Como eu não respondia, o frutinha foi logo gritando no meio do avião.
— Aeromoça, me ajuda aqui, o meu primo está passando mal no banheiro, eu ouvi um barulho, ele deve ter caído no chão.
— Como é o nome dele?
— Daniel.
— Daniel, você está me ouvindo?
— O que está acontecendo, Victor?
— Acho que ele caiu dentro do banheiro, mãe...
— Ai, meu Deus! Eu não falei para você para ficar com ele, menino?
— Ele não quis, mãe!

A HISTÓRIA DE DANI-BOY

Do avião eu fui direto pro hospital mais próximo pra ver o que tava pegando. Dois pontos na testa e uma torção na mão. Desmaiei, maluco! Já ouviu falar em "quarta moléstia"? Era esse o troço que eu tinha. A combinação das vacinas, que eu tomei contra as perebas do terceiro mundo, deu uma reação com a antigripal, que resultou nessa doença. Tô com trinta e nove graus de febre, com a cara costurada e a mão desmunhecada.

Mas não há de ser nada, não vai ser um virusinho que vai me derrubar, não sou o tipo de cara que se curva diante dos fatos. Sou cascudo, tá ligado?

AMBULANCIA

PARENTES: 2º ROUND

Companheiros e companheiras, mesmo avariado – ouçam bem: a-va-ri-a-do – o guerreiro não entrega os pontos, a luta continua!
– Como é que é, tia? Nós vamos sair daqui do hospital hoje?
– O médico disse que desse jeito você não entra nos Estados Unidos, o recomendável é ficar pelo menos uma semana em observação para saber se você vai ou não vai precisar ficar de quarentena aqui em Portugal.
– Aí maluco, diz pra esse cara que se eu não for pros Estados Unidos prefiro voltar pro Brasil.
– Meu filho, você sabe o que é uma quarentena? Não é você quem decide, é um caso de saúde pública de Portugal, se eles determinarem que você não vai viajar, você fica aqui e pronto!
– Epa, mas com quem eu vou ficar? Vocês dois têm que seguir viagem, meus pais não têm grana pra vir pra cá. Tô lascado! Ai, como dói a minha garganta...
Eu estava na mão da tia Celeste e do Vitinho. Era praga do Cabeção, só podia ser... Não podia ser verdade!

– Pode ir resolver os problemas, mãe, eu fico com ele.
– É, fica um pouco enquanto eu dou uns telefonemas, vou ver com a agência de viagem se dá pra adiar a nossa estadia por uma semana. Vou ver também se ainda dá para salvar a viagem do Daniel ou receber uma parte do dinheiro de volta, caso ele não possa ir para os Estados Unidos.
Ó, dá um desconto no que eu falei antes da bruaca, ela não é tão cretina assim, tá até tentando me ajudar, né não? Putz, tá doendo a minha cabeça...
– Quer alguma coisa, Dani?
– Quero água, tem aí?
– Ó, toma, segura.
– Tá difícil, eu não tô com força nas mãos, dá pra me dar na boca?
Maluco, eu não acredito no que eu acabei de falar! Eu pedi pro Vitinho me dar um copo d'água na boquinha!!! Eu devo estar muito mal mesmo...

No segundo dia eu não melhorei nada, tava até um pouco mais difícil ir ao banheiro e fazer os meus lances. Tomar banho então... Tava no terceiro dia sem um banho completo, já não aguentava mais.
– Daniel, acorda, meu filho. O médico disse que você tem que tomar um banho para tentar diminuir essa febre. Com quem você prefere tomar banho? Comigo, com a enfermeira ou com o Vitinho?

A HISTÓRIA DE DANI-BOY

Tá rindo? É, maluco, olha o dilema!

– Diz logo, meu filho. Eu vou sair pra comprar umas coisas para comermos, o combinado foi de eu ligar para os seus pais daqui a pouco, já está quase na hora. E para economizar eu tenho de andar umas quadras, o mercado fica longe, tomara que nós não fiquemos muito tempo neste hospital, é tudo pela hora da morte por aqui... A única notícia boa é que a agência vai devolver uma parte do dinheiro da minha estadia e do Vitinho. Anda, meu filho, decide!

Cara, não leva a mal não, ficar pelado com uma mulher era tudo o que eu queria nessa vida, mas assim, com o meu bilau menor do que suspiro de viúva? Tia Celeste me dando banho não dá, é muita desmoralização.

Bem, se Deus quiser ninguém vai saber disso!

– O Vitinho fica vigiando na porta, tia.

– Meu filho, desta vez fica perto para ele não cair de novo e se machucar ainda mais, ele está muito fraquinho.

Cara, não é por nada não, mas o Vitinho era mesmo jeitoso, ele me ajudou a tirar a roupa e embora eu estivesse cheio de dor no corpo e com a vista toda turva, reparei que ele não tava me sacando, não. Ficou atrás da cortina, assim podia me acudir e ao mesmo tempo não me via. Não devo fazer o tipo dele. Êh! Êh! Êh!.

– Vitinho, pega a toalha pra mim? Tô tremendo, cara, como dói esse lance...

79

– O médico disse que os resultados dos seus exames saem daqui a uns dias, você não pode fazer esforço.
– Me ajuda a vestir a camisa, vai, não tô aguentando...
– Segura na minha mão, eu te levo.
– Como dói... Tô ficando com medo de morrer, maluco!

Eu não queria, mas vou ter que dizer um negócio: o Vitinho não é tão frutinha assim não, ele tem ficado acordado pra tia Celeste dormir durante a noite e de dia poder resolver as nossas coisas com a agência de viagem. A grana não dá pra ficar pedindo comida pra três aqui no hospital, eles comem umas coisas que ela prepara sem ninguém ver e deixam o rango melhor pra mim.

A febre não cedeu. Na quarta noite de internação eu estava com a temperatura muito alta, e no meio do delírio pedia pra mamãe vir me buscar, chorava e dizia que eu ia morrer, falava que tudo estava doendo e que não queria ficar com o Vitinho e a tia Celeste em Portugal. Isso aos gritos de socorro que acordaram o hospital inteiro, veio até um enfermeiro me segurar.

No dia seguinte acordei exausto, mas me sentindo bem melhor. Eu só não entendia muito bem a razão dos dois estarem tão secos comigo, eu falava e eles só respondiam com poucas palavras. Tia Celeste parecia que tinha chorado. Inimigo bom é aquele com o qual a gente pode brigar, assim não dava vontade, ela estava murcha.

A HISTÓRIA DE DANI-BOY

– O que você tem, tia?
– Nada não, meu filho...
– O médico falou alguma coisa pra senhora?
– Não, você já está voltando ao normal. Olha aqui, eu vou ao mercado comprar umas frutas. Eu esqueci de lhe dizer, falei ontem com os seus pais depois que você dormiu e eles mandaram um beijo. Elisinha está torcendo para você ficar bom logo, disse que você não deve se preocupar com o que ela te pediu, ouviu?
– Tá, se eles ligarem de novo diz que eu já tô ficando legal, tá bem?
– Está certo... Victor, não esqueça de dar aquele remédio cor de abóbora às dez e meia, por favor.

Passado um tompinho que a tia Celeste saiu, o Vitinho foi chegando perto de mim e disse que queria me perguntar uma coisa. Ele tava com cara de quem tava prendendo o choro, sabe como esses caras são, né?
– Dani, posso te perguntar uma coisa?
– Diz aí!
– Por que você não gosta nem de mim nem da minha mãe?

Uau! Nunca tinha visto o Vitinho ser tão direto, ele normalmente falava com a mamãe pra pedir algo pra mim ou então pedia pra Elisinha, ficava na maior cerimônia comigo. Tinha medo, coitado...
– Como assim?

– Ontem de noite você disse um monte de coisas enquanto estava dormindo, a mamãe chorou muito por causa das coisas que você disse dela, e eu também. Putz! Faço "caca" até dormindo! O que será que eu fiz dessa vez?
Fiquei mudo.
– No auge do delírio, você disse que não queria ficar do lado "daquele frutinha", que eu tava te agarrando, que a minha mãe era uma bruaca e que você odiava ela.
Cacilda, fiz!
– Não, eu devo ter dito outra coisa, Vitinho. Delirando a gente enrola a língua...
– Dani, eu não nasci ontem, só finjo que não entendo o que vocês dizem.
– Como é que é?
– Você acha que eu não reparo que vocês ficam rindo baixinho quando eu vou à casa de vocês? Na escola é a mesma coisa, Dani. Os caras do fundo da sala fazem igualzinho a você, eu sei como é.
– É besteira da Elisinha, maluco!
– Agora você está me ofendendo! Eu me faço de bobo, mas não sou burro, eu sei o que todo mundo pensa de mim. O meu pai morreu por causa disso. Ele sabia!
Aí, maluco, o cara tava chorando! Ele tinha aquele jeito todo, mas não fazia mal a ninguém, sujeira o pessoal ficar sacaneando ele.

— O que é isso, Vitinho? Teu pai morreu num acidente de carro, cara!
— Você não entende o que eu estou falando...
— Ué, então explica!
— Eu não sei se você vai compreender.
— Peraê, agora é você que tá me ofendendo!
— Você jura que não vai falar nada dessa conversa com ninguém?
— Ih... Eu não gosto dessas coisas...
— Jura?
Eu não gosto desse negócio de segredinho entre homem... Mas vá lá, tô de cama mesmo, eu não tenho o que fazer.
— Tá bom, eu juro. Pode confiar.
— Você ainda lembra bem do meu pai, não?
— Claro, eu me amarrava em jogar futebol de botão com ele.
— Era um homem muito nervoso, você deve lembrar disso. Ele não sabia conversar, era meio grosseiro...
— Tipo macho, que você quer dizer?
— Não, nada a ver... está vendo? Eu não sei se você vai compreender!
— Deixa de onda Vitinho, manda ver aí, vai direto ao ponto. Eu dou minha palavra, cara!
— Certo. Ele achava que eu tinha que ser igual a ele e eu não sou! Entende?

— Sei...

— No dia do acidente ele tinha achado uma revista dessas... Das que têm nas bancas de jornal... De gente...

— Gente pelada? E daí?

Eu já vi um cara desses comprando uma revista desse tipo, parece que eles têm medo de alguém pegar o lance, é tudo rapidinho pra ninguém ver.

— Daí que ele me chamou pra sair de carro porque queria ter uma conversa definitiva comigo.

— Por que você não disse que era de outra pessoa? Eu já fiz isso lá em casa...

— Acorda, Daniel! Lá em casa éramos só eu, mamãe e ele.

— Ué, podia ser de um amigo... Continua.

— Então, ele começou a me perguntar o que eu era, se eu não era homem, que ele não tinha criado um filho para isso, que seria melhor me ver assaltando um banco, sendo um traficante ou viciado, que na família dele não tinha isso... Enfim, preferia morrer ou me ver morto se soubesse que o único filho dele era...

— Tudo isso por causa de uma revista de mulher pelada?

— Não era de mulher...

— Ah... Mas peraê! O acidente de carro não teve nada a ver com essa conversa toda aí.

— Teve sim, quando ele foi pegar a revista que tinha encontrado no meu quarto, no banco de trás do carro,

uma das rodas encostou no meio-fio e o resto você já sabe, a gente capotou, ele bateu com a cabeça e morreu uma semana depois de ter ficado em coma no hospital.
Maluco, o pai do cara tinha falado que preferia morrer e morre?! Putz! Ele deve ficar no maior remorso, embora não tenha nada a ver.
Eu não queria ter um filho assim, mas preferir morrer ou querer o filho morto é demais, né não?
– Aí Vitinho, chora não, maluco. Fica calmo, cara, o tio Carlos deve ter falado isso da boca pra fora, ele tinha o maior orgulho de você.
– Orgulho das notas que eu tirava no colégio, mas de mim mesmo ele não tinha, não.
– Como assim?
– Meu pai me amava de um jeito estreito, Dani. Eu só servia como filho se fosse do jeitinho que ele queria, entende?
– Mas homem não ama igual à mulher, cara... Quem ama desse jeito aí é mãe!
– Não! Quem ama de verdade aceita o outro do jeito que ele é, é disso que eu tô falando!
– Calma, maluco!
– Sabe, Dani, eu acho engraçado uma pessoa pensar que tem o direito de dizer pra outra o que ela deve pensar ou sentir.
Ai, caramba, o papo vai descambar pra esse lance da preferência, tô fora!

– Desencana...
– Pra você tudo é fácil.
– Como assim?
– Você se acha melhor do que eu, não é, Dani?
– Ih... Essa conversa tá ficando séria demais! O que será que o Victor tá querendo?
– Eu nunca falei isso, Vitinho!
– As pessoas pensam que porque são de um jeito, quem é diferente delas não tem direito de amar, viver no mesmo lugar. Ser feliz...
– E você acha que eu sou assim, Victor?
– Às vezes eu acho que vocês não gostam de nós, nem de mim nem da minha mãe.
– Não é isso não, cara...
– Dani, depois que o meu pai morreu, a mamãe ficou cada vez mais em cima de mim, ela diz que nós temos de cuidar um do outro, que ela só tem a mim e a família de vocês no mundo, que o seu pai e a sua mãe são os melhores amigos dela. Ontem, quando você disse que ela era uma bruaca, que não queria ficar do lado dela, ela chorou muito.
– Eu não fiz por mal, não.
– Ela é assim mesmo, meio metida, sabe? Mas ela passa o tempo todo dizendo para as amigas que você é forte, que a Elisinha é linda, que nossos parentes são ótimos... Ela tem necessidade de dizer que somos melhores

A HISTÓRIA DE DANI-BOY

que os outros porque ela se sente sozinha e acha que ninguém gosta dela. Ela faz esse farol todo para desviar a atenção de suas próprias fraquezas. Por que você pensa que ela diz o tempo todo que eu sou tão inteligente?
– Mas você é inteligente!
– Garanto a você que ela e o meu pai preferiam que eu fosse burro que nem uma tábua, mas que casasse e desse um monte de netos a eles.
– Que isso, cara? Fala sério!
– Eu nunca falei tão sério!
– Putz! Sem comentário...
– As pessoas não são lixo, Dani. Se a gente não gosta delas do jeito que são, não dá para descartar como se fossem um copo de plástico. Você mesmo é um exemplo disso.
– É, tô sabendo, você e a tia Celeste estão perdendo as férias pra ficar aqui cuidando de mim.
– As férias não são importantes, nem o dinheiro, não dá para entender, não? Olha aqui, no seu primeiro dia de febre, ela passou a noite inteira segurando a sua mão, tirava a temperatura de meia em meia hora e rezava o tempo todo.
– Eu não queria dizer aquilo não, Vitinho... Mas por que você tá me contando tudo isso?
– Eu quero pedir uma coisa.
– Se não for um beijo...

— Você não leva nada a sério mesmo, hein, garoto?
— Não, foi mal, eu peço desculpa primo, valeu? Me diz uma coisa antes?
— O quê?
— Você tem muita raiva de mim?
— Não, eu gosto de você, mesmo você não gostando de mim.
— Mas eu gosto, só não curto umas coisas.
— Que coisas?
— Nada, deixa pra lá.
— Começou, agora fala!
— O teu jeito, Victor, dá pra sacar, entende?
— Entendo, mas é o meu jeito, Dani! É o que eu estava dizendo antes, nem o meu pai, nem você, nem ninguém têm o direito de me dizer o que eu devo sentir e como eu devo ser!
— Calma, primo...
— Pode deixar, nenhum de vocês nunca me viu nervoso.
— Nem quero... Deixa rolar, tô sacando uns lances agora, mas responde o que eu te perguntei. Tem ou não tem raiva?
— Meus pais me criaram dizendo para eu amar você e Elisinha como meus irmãos, e não como primos. Eu simplesmente amo vocês!
— Tô passado, maluco... Mas diz aí o que você ia pedir.

— Não vai vir de palhaçada?
— Não, fala aí!
— Conversa com a mamãe, diz que você gosta dela.
De tudo que eu tinha ouvido, isso era o mais difícil. Tia Celeste era a metade mordida da minha goiaba. Mas sei lá, o Vitinho não era o frutinha que eu havia pensado, ele tava me dando a maior lição de moral... Não sei se eu seria capaz de fazer a mesma coisa por ele, não.

Os dois estão perigando voltar pra casa sem conhecer os outros países, e ainda por cima estão gastando a grana toda comigo neste hospital.

Nem me fala, a esta altura meus amigos já devem estar todos juntos na maior zorra nos Estados Unidos.

— Ó, Vitinho, eu ainda não sei direito como te dizer uns lances que eu tô pensando, mas deixa comigo que eu vou pensar num jeito, valeu, maluco?

— Se você não puder demonstrar que gosta dela, Daniel, pelo menos não debocha pelas costas. Ela percebe, que nem eu.

— Ela já te falou alguma coisa?

— Não precisa, a gente sente na pele. É um olhar, um sorriso, uma frase que fica no meio...

— Cara, vocês devem me achar o maior cretino, né não?

— Não, a gente ama você, ainda não deu para perceber?

Agora, ou eu tomo uma atitude de macho ou eu boto o rabo entre as pernas... Não sei se eu tô mal porque eu tô doente, ou porque eu tô me sentindo uma caca ambulante.

Putz! Ele esculachou!

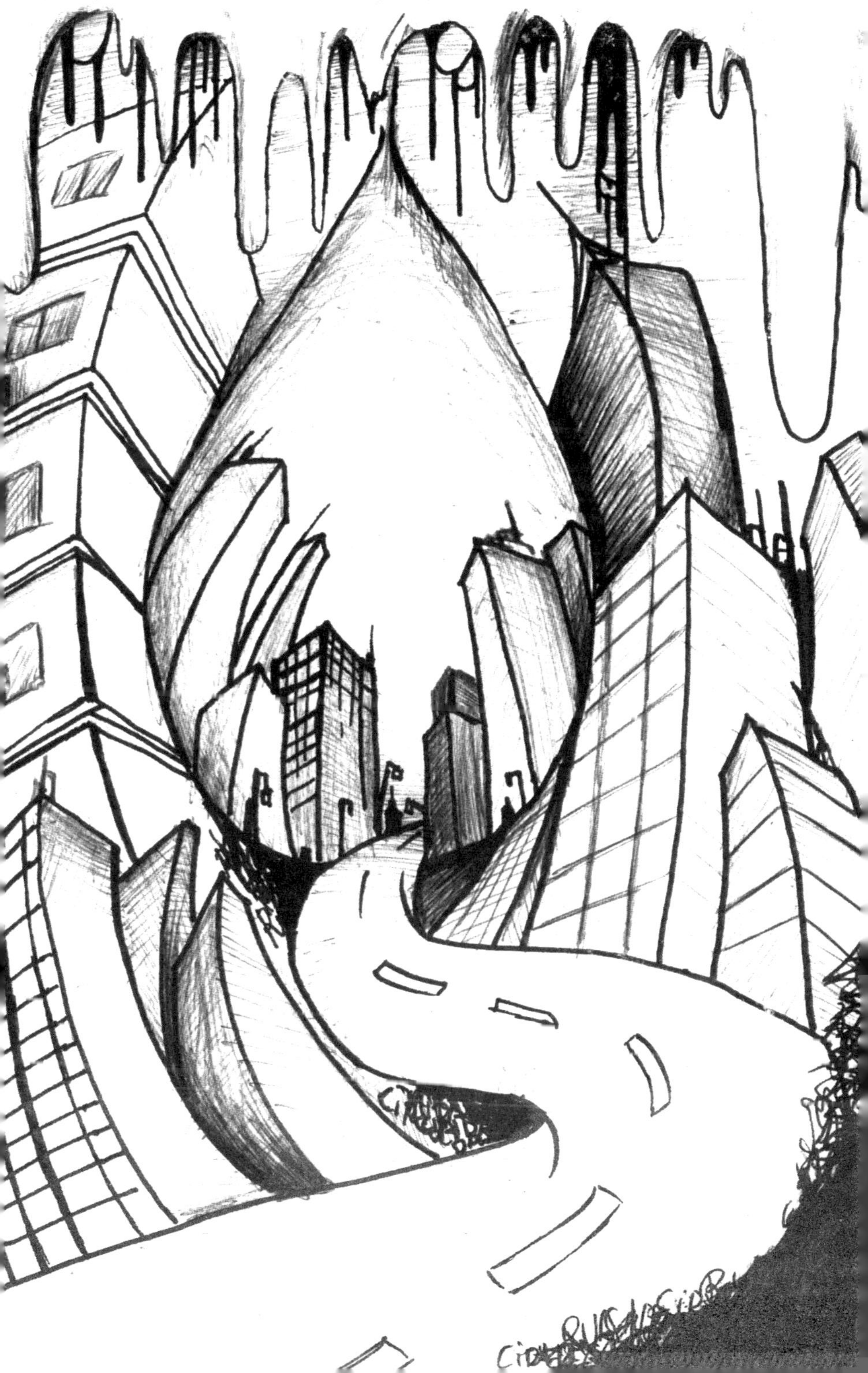

VIRANDO HOMEM

Finalmente saíram os resultados dos exames, eu estava liberado pra seguir pros Estados Unidos ou voltar para o Brasil.

Tia Celeste estava tão contente com a minha recuperação que eu não conseguia tocar no assunto do delírio e das coisas que eu havia falado com o Vitinho. Eu tava cheio de vergonha! Ela era carne de pescoço, mas cuidou de mim como se fosse um filho. Aí maluco, pensei que eu ia desta pra uma melhor.

Esqueci de contar que finalmente pude ir até o corredor e falar com os meus pais e com a Elisinha, até chorei! Vocês vão achar que eu estou zoando, mas família até que é bom, né não? A gente só percebe isso quando está longe.

A viagem pra Disney já era, um dia eu ainda vou lá. Além do dinheiro ter sido na justa pra pagar a conta do hospital, a tia Celeste não queria me deixar voltar pra casa sozinho, tava num grude comigo que só vendo. Só se separou de mim na hora de entrar no avião. Nem no aeroporto ela largava o bonitão aqui.

– Vamos, Daniel! Eu consegui lugar nesse voo depois de desfiar um rosário com a moça da agência, se nós ficarmos aqui mais um dia seu pai me mata, não temos mais dinheiro nem para um lanche.
– Cadê a minha mala?
– O Vitinho já levou.
– Tia Celeste?
– Sim.
– Eu queria conversar um negócio com a senhora, mas não sei como começar.
– Deixa para falar depois de entrarmos no avião, Daniel. Vitinho, espera aí, meu filho, pega aqui mais essa sacola! Vai na frente e procura a poltrona do seu primo porque não vamos um do lado do outro, só há lugares separados.
– Então, tia, se eu não falar agora, só quando a gente chegar ao Brasil...
– Achei o meu assento, é aqui! Vai lá, Daniel, já estão pedindo para sentar. Aquele táxi deu muitas voltas, depois dizem que nós é que somos "terceiro mundo", picareta tem em tudo quanto é canto deste planeta.
– Mas, tia...

Passei a viagem inteira pensando num jeito de falar com a tia Celeste, mas sem bancar o canastrão; eu dei uma descascada mas não me tornei bananeira, não.

Quero falar uns lances pra ela, mas na boa, não quero ficar de frutices!

O voo era daqueles que levava três ou mais excursões ao mesmo tempo. No aeroporto, uma pirralhada pra tudo quanto é canto, malas, guias, parentes, ou seja, a sucursal do inferno.

O Vitinho nunca carregou tanto peso na vida, era ele quem estava providenciando tudo. Enquanto a gente esperava as malas pra poder ser liberado e encontrar os meus pais, achei que seria o momento certo pra dizer à tia Celeste que eu estava agradecido pelos cuidados que ela teve comigo em Portugal.

– Tia, me ouve aqui, vai!

– Vai falando, Daniel, eu tenho que ficar de olho nas malas. O Vitinho foi chamar os seus pais e nós temos de ir para casa. Você precisa descansar.

– Olha só, eu vim pensando num jeito de falar umas coisas pra senhora... Esses lances, se a gente não diz quando tá sentindo, depois passa e fica o dito pelo não dito. Eu sei que eu não tenho sido um cara bacana com a senhora e com o Vitinho, mas eu também não quero ficar de lero-lero fazendo o tipo bom sobrinho. Eu não gosto desse negócio melado de ficar falando que gosta e coisa e tal. Sou cascudo, a senhora entende, né? Coisa de homem! Eu quero agradecer aí o que a senhora fez

por mim, ele me contou que eu falei umas coisas doidas quando estava delirando de febre, mas eu queria que a senhora soubesse uma coisa.
– O quê, meu filho?
– A senhora pode até não acreditar, mas eu amo a senhora e o Vitinho.
– Por que eu não acreditaria, Daniel?
– Sei lá, esses lances de família, sabe como é que é, né?
– Como assim?
– Essas coisas que a senhora diz do Vitinho ser melhor que a gente, sabe como?
– Não, eu nunca disse que o Victor Augusto era melhor do que você ou que a sua irmã. O que eu sempre disse e repito é que o meu filho é especial para mim, ele é o máximo!
– Assim não vale, né tia? Ele é bom filho, bom aluno...
– Não é isso que eu estou falando, ele é o máximo como pessoa, ele é o meu melhor amigo, Daniel.
– A senhora me desculpa pelas coisas que eu andei falando?
Aí maluco, não foi fácil dizer que amava a tia Celeste... Ó, mas não tô mentindo não! Parente, você sabe, né, a gente ama e odeia ao mesmo tempo. Só não deu pra segurar a onda quando ela me abraçou bem forte e

A HISTÓRIA DE DANI-BOY

demorado, tipo a mamãe fazia quando eu era menino e me disse chorando:

– Ô, meu filho, eu sei, essas coisas são assim mesmo, isso só prova que você está se tornando um homem. Eu também amo você, vocês são as pessoas mais importantes pra mim... Depois do Vitinho, é claro! No fundo eu também sempre amei a tia Celeste, eu só não percebia que o Vitinho é quem tinha que ser prioridade pra ela, eu era o sobrinho e ele o filho, não dava pra ela ser diferente, ou melhor, igual. A diferença estava aí!

– Mas o que é isso, Celeste? Você deixou o nosso filho em Portugal e trouxe outra pessoa? Este não é aquele Dani-boy.

Enquanto eu falava e chorava com a tia Celeste, meus pais, Elisinha, Cabeção e o Vitinho chegaram por detrás e ouviram a maior parte da conversa.

– Ei! Aí, maluco, nem vem! Sou eu mesmo, eu só tava trocando um lero aqui com a Celestona.

– Dani, o que é isso meu filho?

– Deixa Ruth, acho que agora vamos ser bons amigos.

Foi aquela beijação, meus pais estavam tão alegres como eu não havia visto há um tempão, eles gostavam de mim pra caramba, maluco. Acho que eu tenho que mudar uns lances aí...

Legal isso, né?

— Dani-boyzinho, como é que o Vitinho é? Ele beija bem?

— Aí, Cabeção, tô na maior felicidade de você ter vindo aqui no aeroporto, mas o cara é meu primo e tá na dele, valeu? Se não fosse ele e a tia Celeste, eu tinha empacotado. Vamos combinar um lance? Você fica na tua e eu fico na minha com o meu primo Victor, ou então vai se arrepender, tá sabendo?

— Ei, Daniel!

— Fala, Vitinho.

— Menos primo, menos...

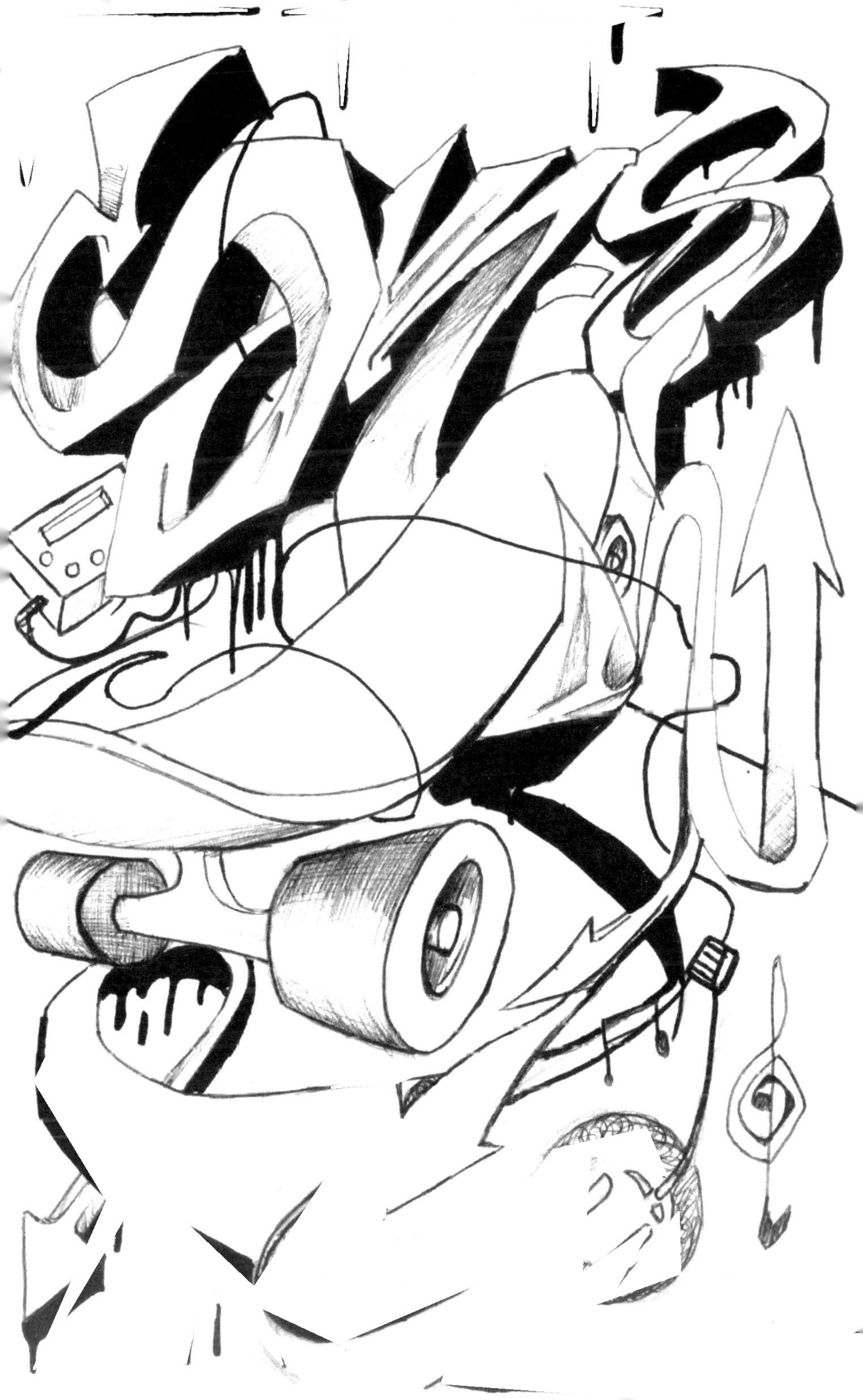

Este livro foi impresso na Editora JPA Ltda.,
Av. Brasil, 10.600 – Rio de Janeiro – RJ,
para a Editora Rocco Ltda.